中國碑帖名品［六］

開通褒斜道刻石

上海書畫出版社

《中國碑帖名品》編委會

編委會主任

盧輔聖　王立翔

編委（按姓氏筆畫爲序）

王立翔　沈培方

胡傳海　孫稼阜

張偉生　馮　磊

盧輔聖

本册責任編輯

馮　磊

本册釋文注釋

俞　豐

本册圖文審定

沈培方

前言

中華文明綿延五千餘年，文字實具第一功。從倉頡造字而雨粟鬼泣的傳説起，歷經華夏子民智慧聚集、薪火相傳，終使漢字生生不息、蔚爲壯觀。伴隨著漢字發展而成長的中國書法，基於漢字象形表意的特性，在一代又一代書寫者的努力之下，最終超越其實用意義，成爲一門世界上其他民族文字無法企及的純藝術，并成爲漢文化的重要元素之一。在中國知識階層看來，書法是中國人『澄懷味象』、寓哲理於詩性的藝術最高表現方式，她净化、提升了人的精神品格，歷來被視爲『道』『器』合一。而事實上，中國書法確實包羅萬象，從孔孟釋道到各家學説，從宇宙自然到社會生活，中華文化的精粹，在其間都得到了種種反映，書法無愧爲中華文化的載體。書法又推動了漢字的發展，篆、隸、草、行、真五體的嬗變和成熟，源於無數書家承前啓後、對漢字美的不懈追求，多樣的書家風格，則愈加顯示出漢字的無窮活力。那些最優秀的『知行合一』的書法家們是中華智慧的實踐者，他們彙成的這條書法之河印證了中華文化的發展。

因此，學習和探求書法藝術，實際上是瞭解中華文化最有效的一個途徑。歷史證明，漢字及其書法衝破了民族文化的隔閡和時空的限制，在世界文明的進程中發生了重要作用。我們堅信，在今後的文明進程中，這一獨特的藝術形式，仍將發揮出巨大的力量。然而，在當代這個社會經濟高速發展、不同文化劇烈碰撞的時期，書法也遭遇前所未有的挑戰，這其間自有種種因素，而漢字書寫的退化，或許是書法之道出現踟躕不前窘狀的重要原因，因此，有識之士深感傳統文化有『迷失』、『式微』之虞。書法藝術的健康發展，有賴對中國文化、藝術真諦更深刻的體認，彙聚更多的力量做更多務實的工作，這是當今從事書法工作的專業人士責無旁貸的重任。

有鑒於此，上海書畫出版社以保存、還原最優秀的書法藝術作品爲目的，承繼五十年出版傳統，出版了這套《中國碑帖名品》叢帖。該叢帖在總結本社不同時段字帖出版的資源和經驗基礎上，更加系統地觀照整個書法史的藝術進程，彙聚歷代尤其是今人對不同書體不同書家作品（包括新出土書迹）的深入研究，以書體遞變爲縱軸，以書家風格爲橫綫，遴選了書法史上最優秀的書法作品彙編成一百册，再現了中國書法史的輝煌。

爲了更方便讀者學習與品鑒，本套叢帖在文字疏解、藝術賞評諸方面做了全新的嘗試，使文字記載、釋義的屬性與書法藝術造型、審美的作用相輔相成，進一步拓展字帖的功能。同時，我們精選底本，并充分利用現代高度發展的印刷技術，精心校核，原色印刷，幾同真迹，這必將有益於臨習者更準確地體會與欣賞，以獲得學習的門徑。披覽全帙，思接千載，我們希望通過精心編撰、系統規模的出版工作，能爲當今書法藝術的弘揚和發展，起到綿薄的推進作用，以無愧祖宗留給我們的偉大遺産。

上海書畫出版社

簡介

《開通褒斜道刻石》，全名《漢鄐君開通褒斜道刻石》，又稱《漢中太守鉅鹿鄐君褒斜道碑》，俗稱《大開通》。東漢永平六年（六三）刻，隸書十六行，行五字至十一字不等。石原在陝西褒城（今勉縣）北石門以南溪谷道中崖壁之上，一九六七年因建褒水大壩，故將整塊摩崖鑿下，一九七一年移至漢中博物館。碑文記録了東漢永平六年漢中太守鉅鹿鄐君奉詔受廣漢蜀郡巴郡刑徒二千六百九十人，動工開通褒斜棧道事迹。宋代時此摩崖石刻爲南鄭縣令晏袤所發現，刻釋文於其旁，後被苔蘚所掩，到清乾隆間陝西巡撫畢沅復蒐訪而得之，遂有拓本傳世。此刻石用筆以圓筆爲主，參以篆意。結體奇崛，字形大小錯落有致，古意盎然。

本次選用之本爲朵雲軒所藏清嘉道間未經剜鑿之整幅拓本，爲首次原色全本影印。

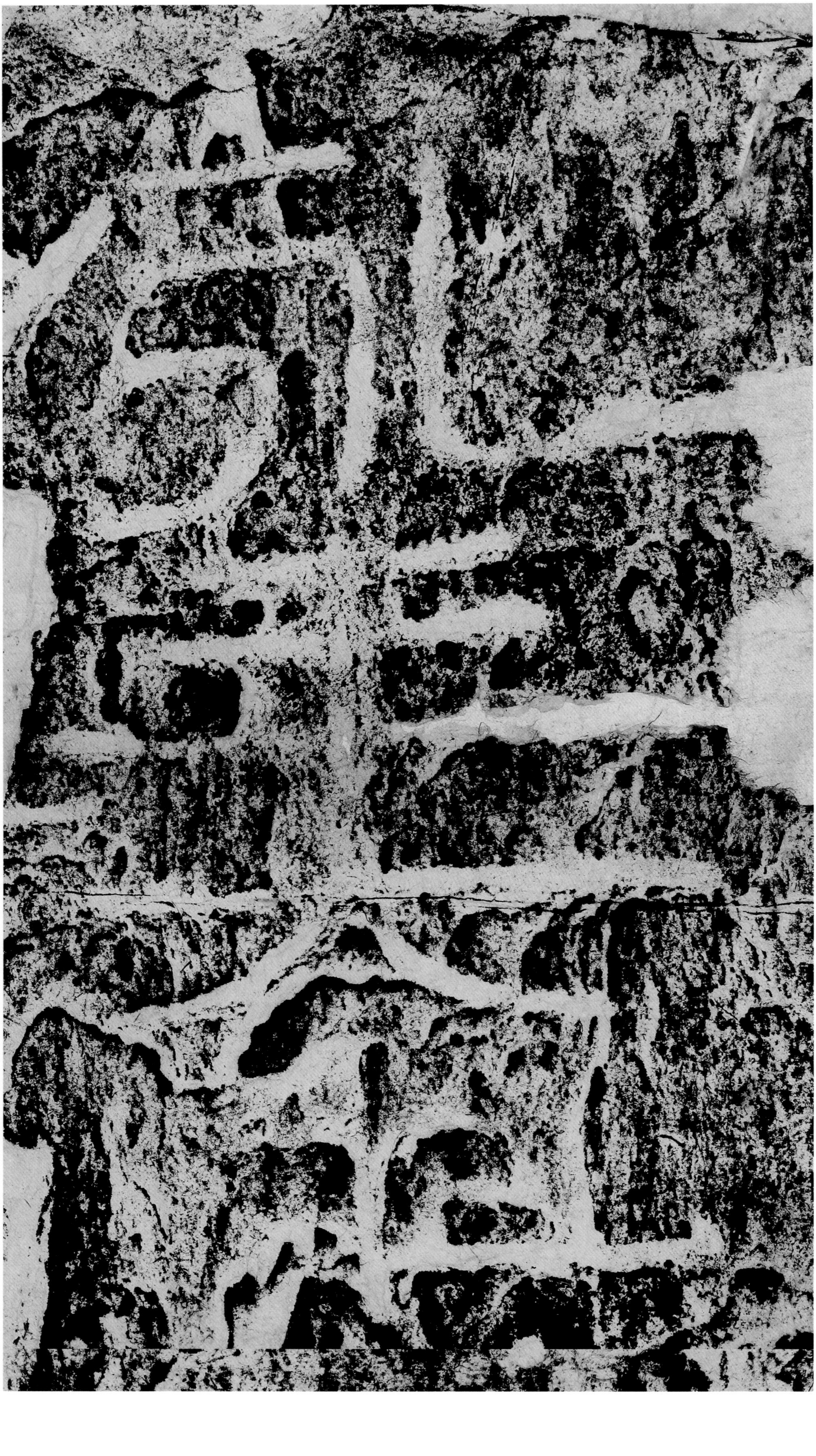

永平六年，

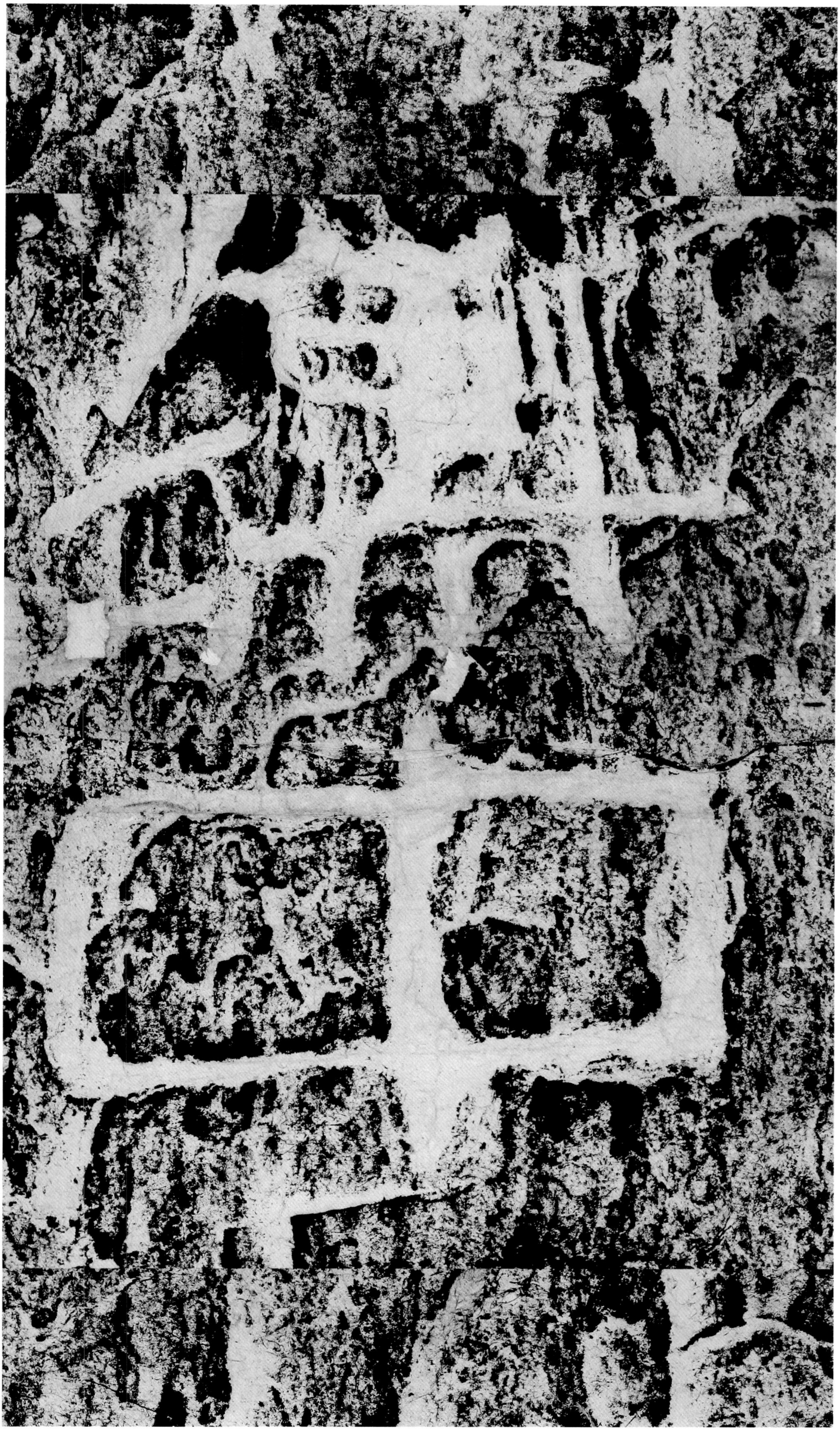

漢中〈

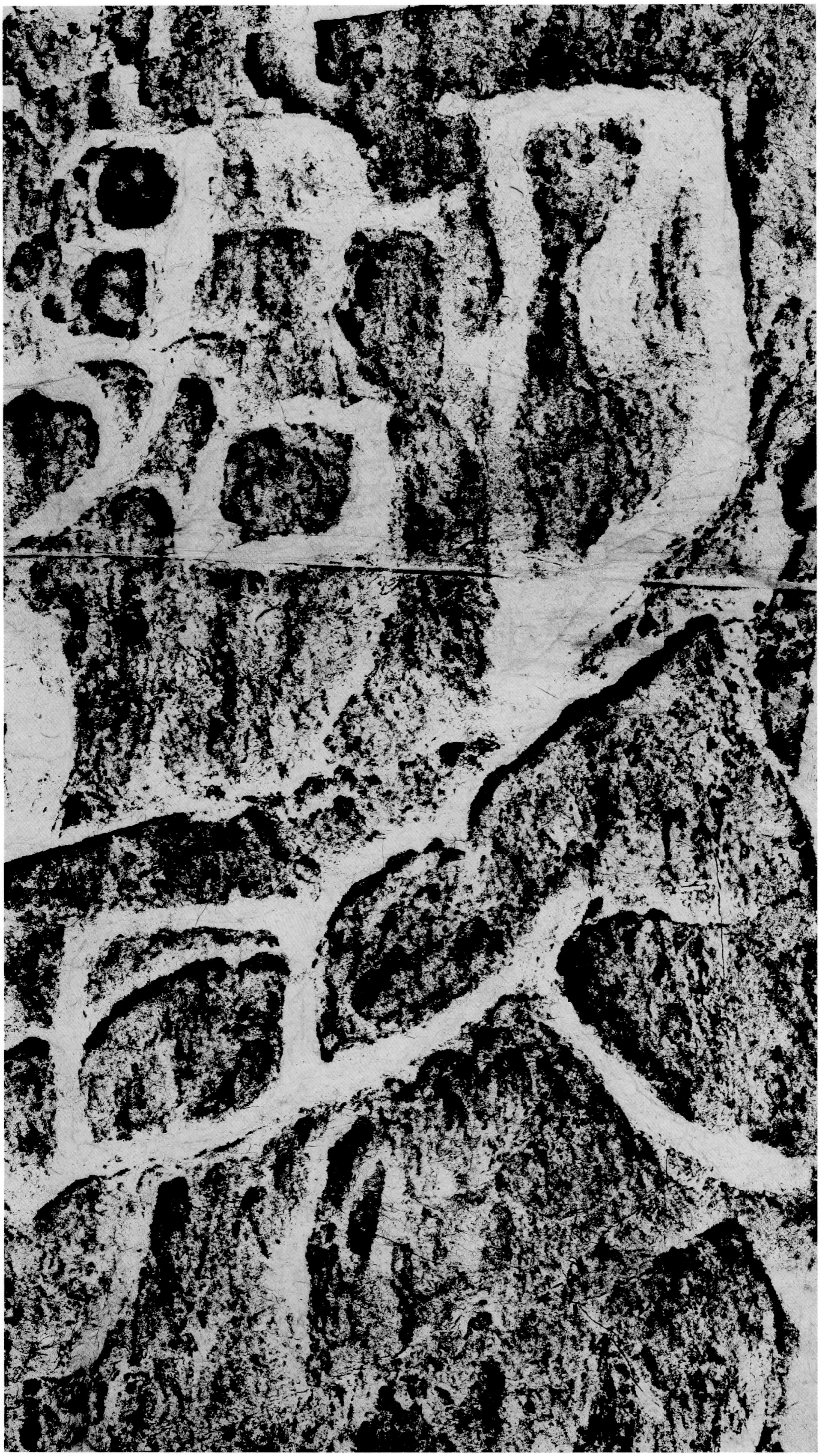

郡以乀

詔書

受廣〵

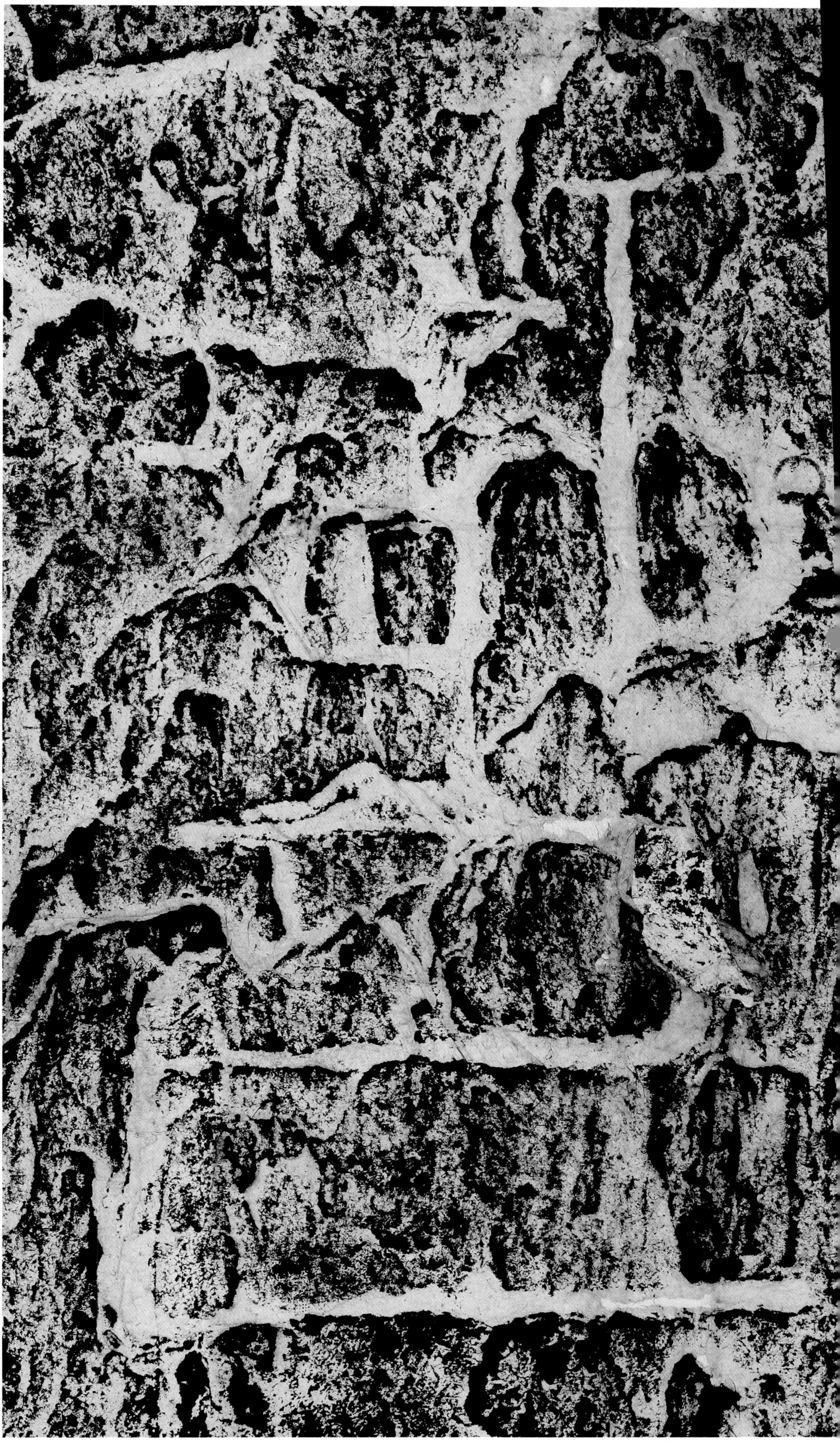

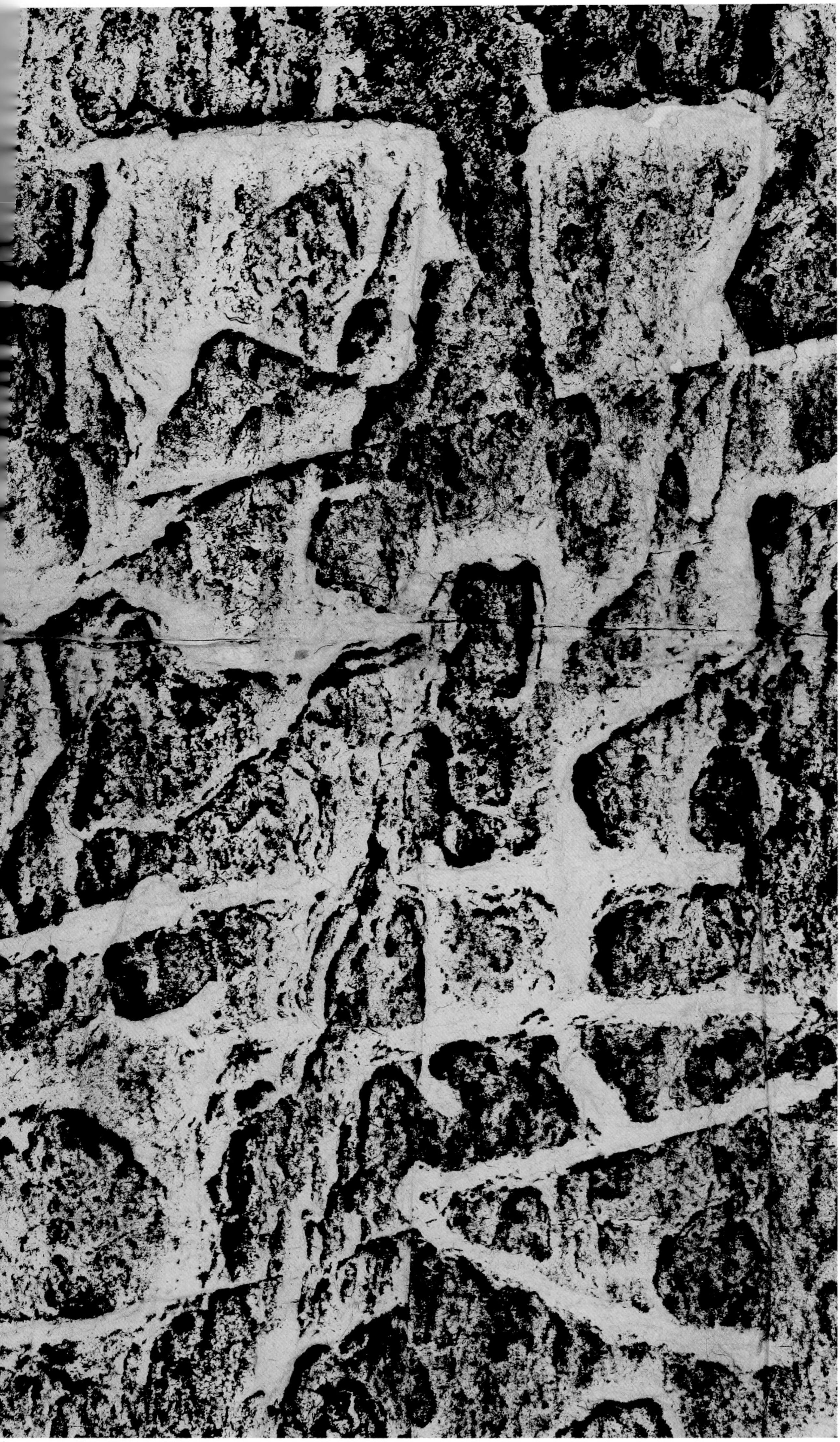

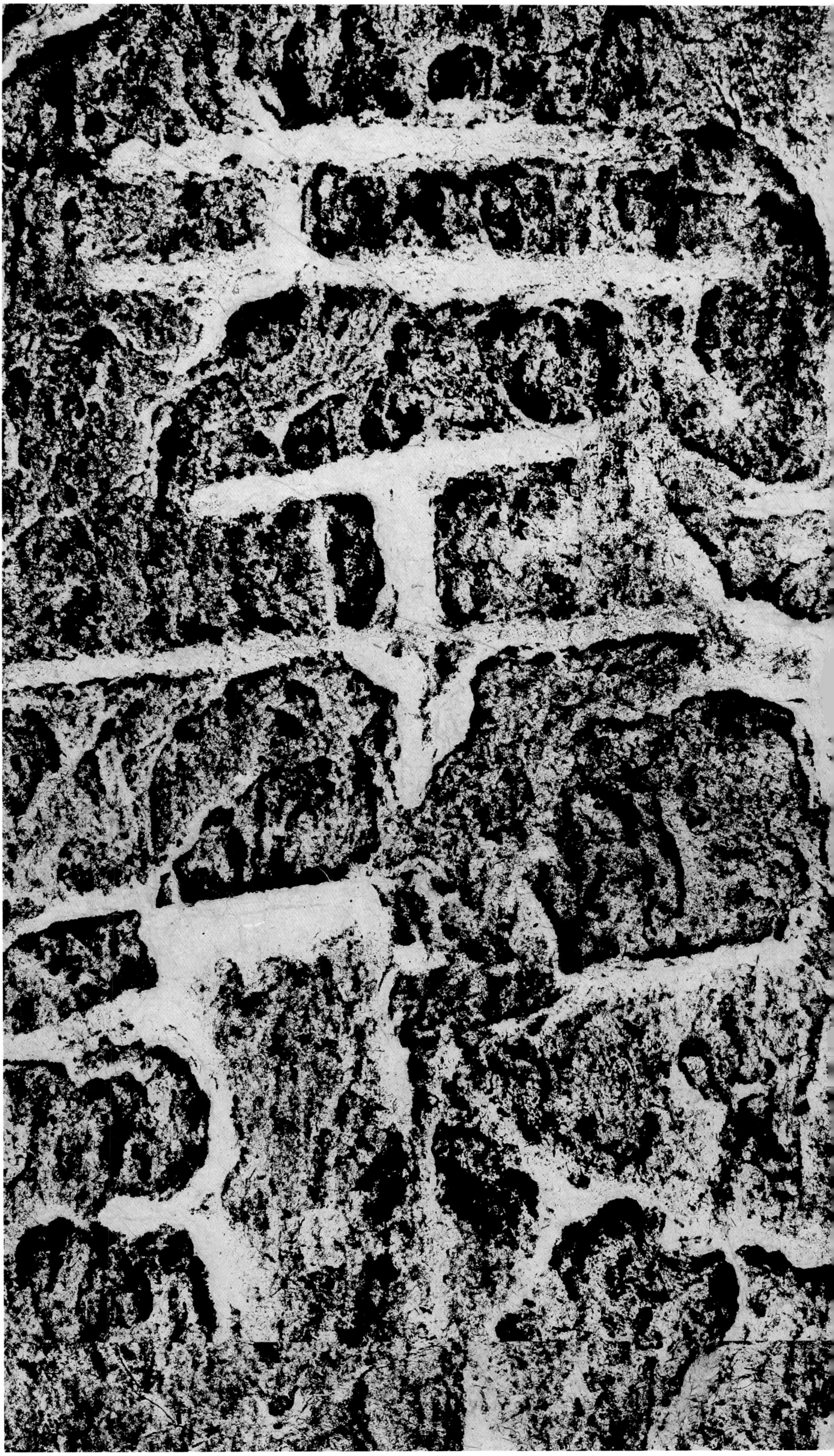

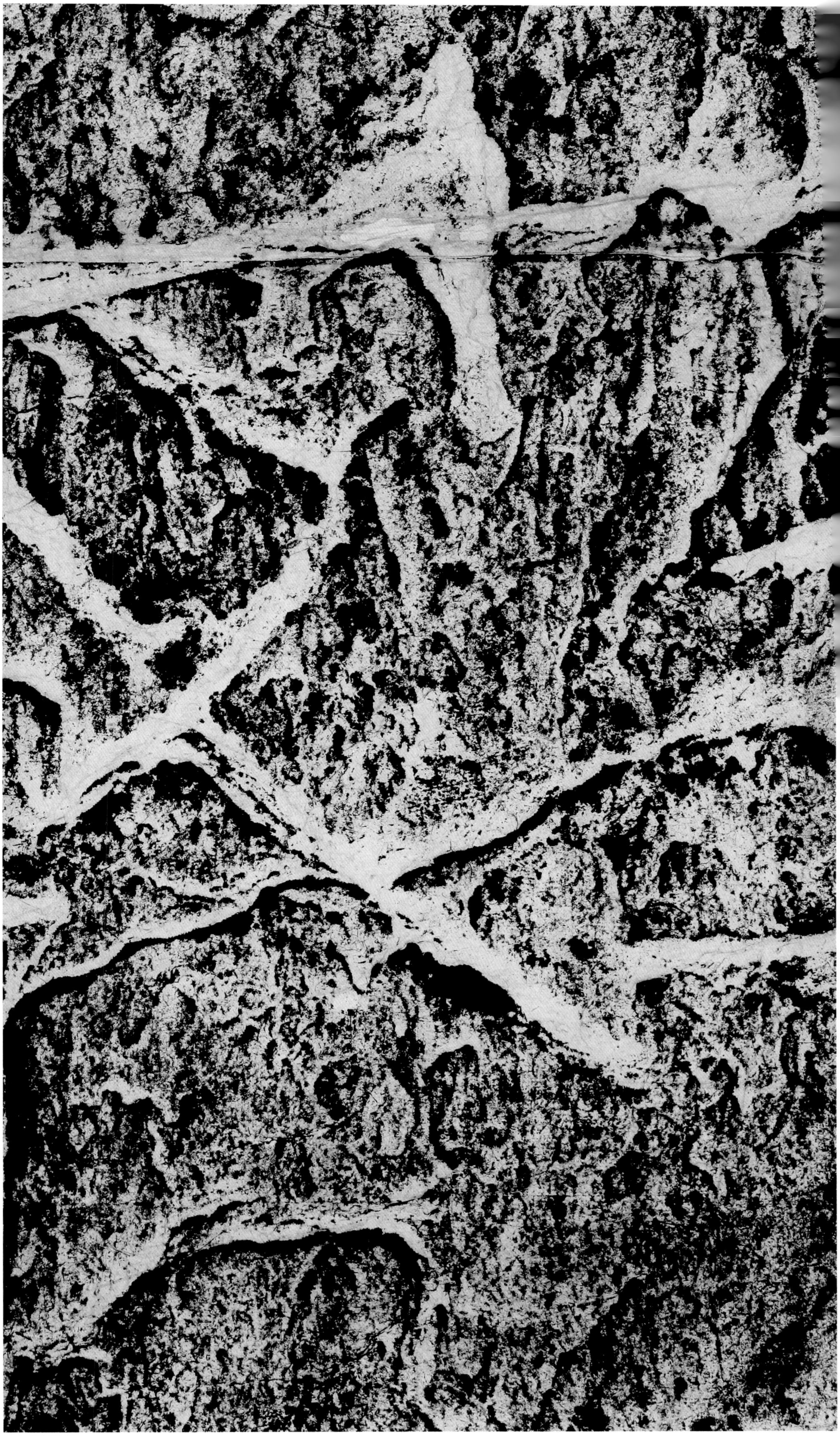

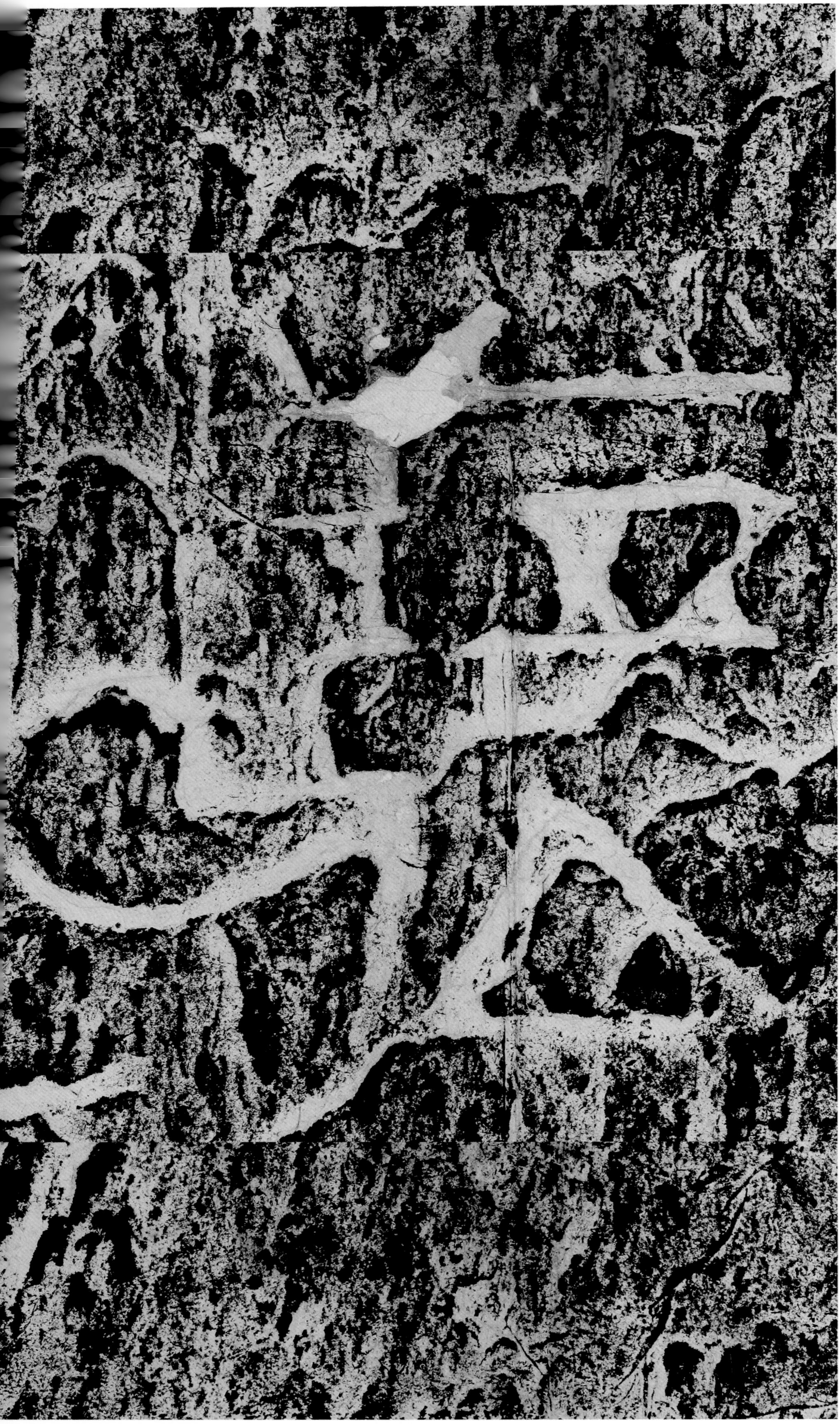

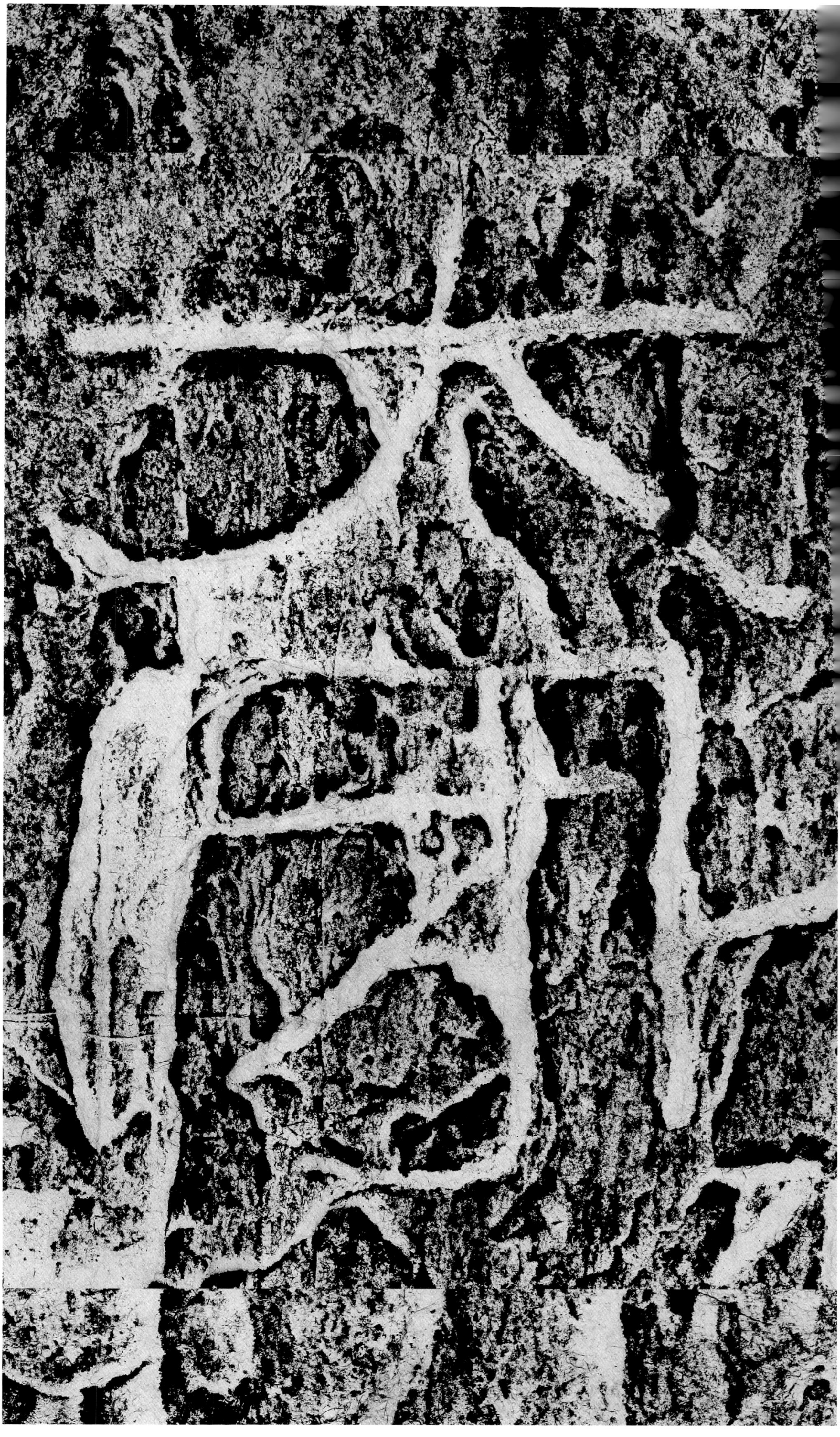

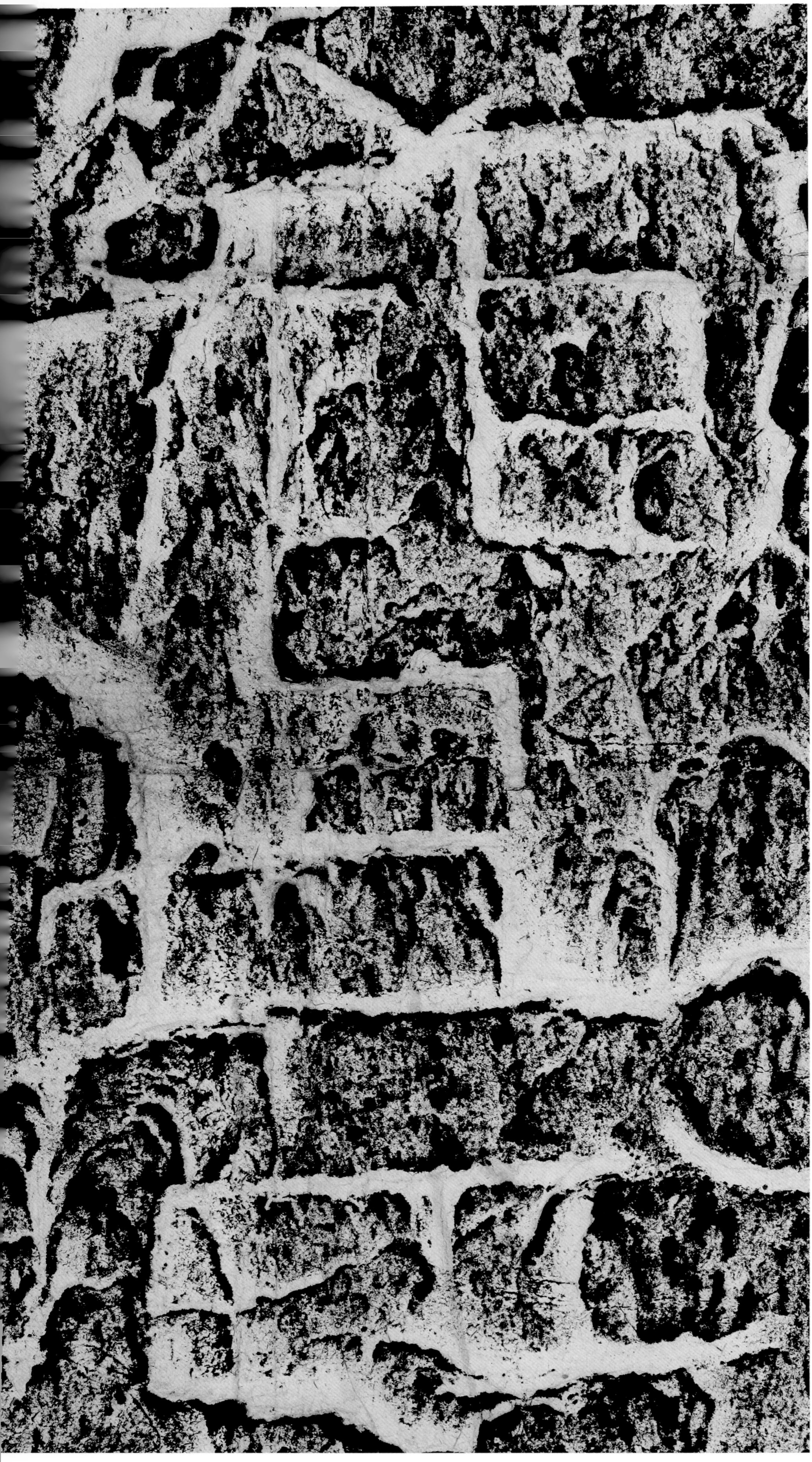

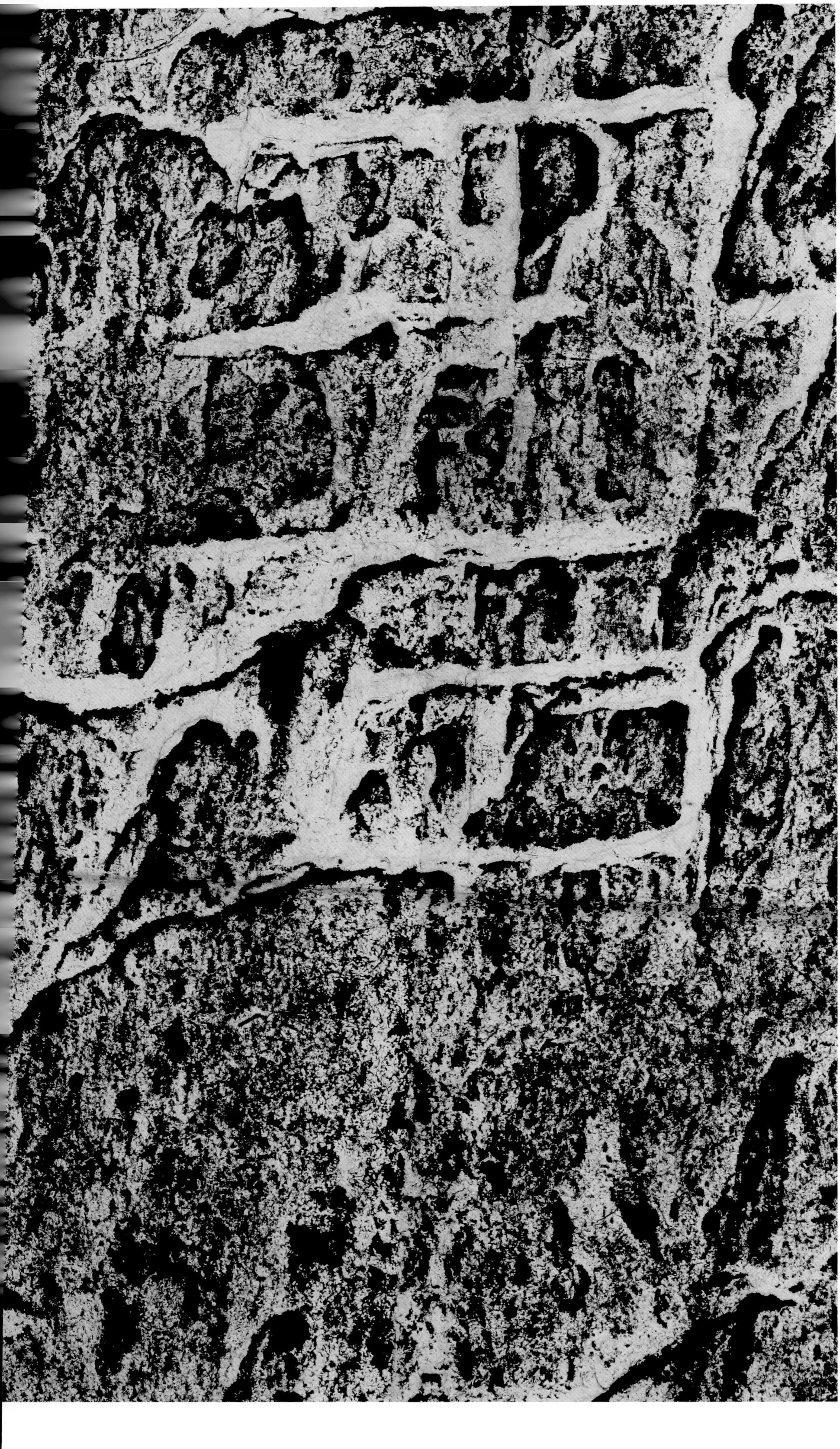

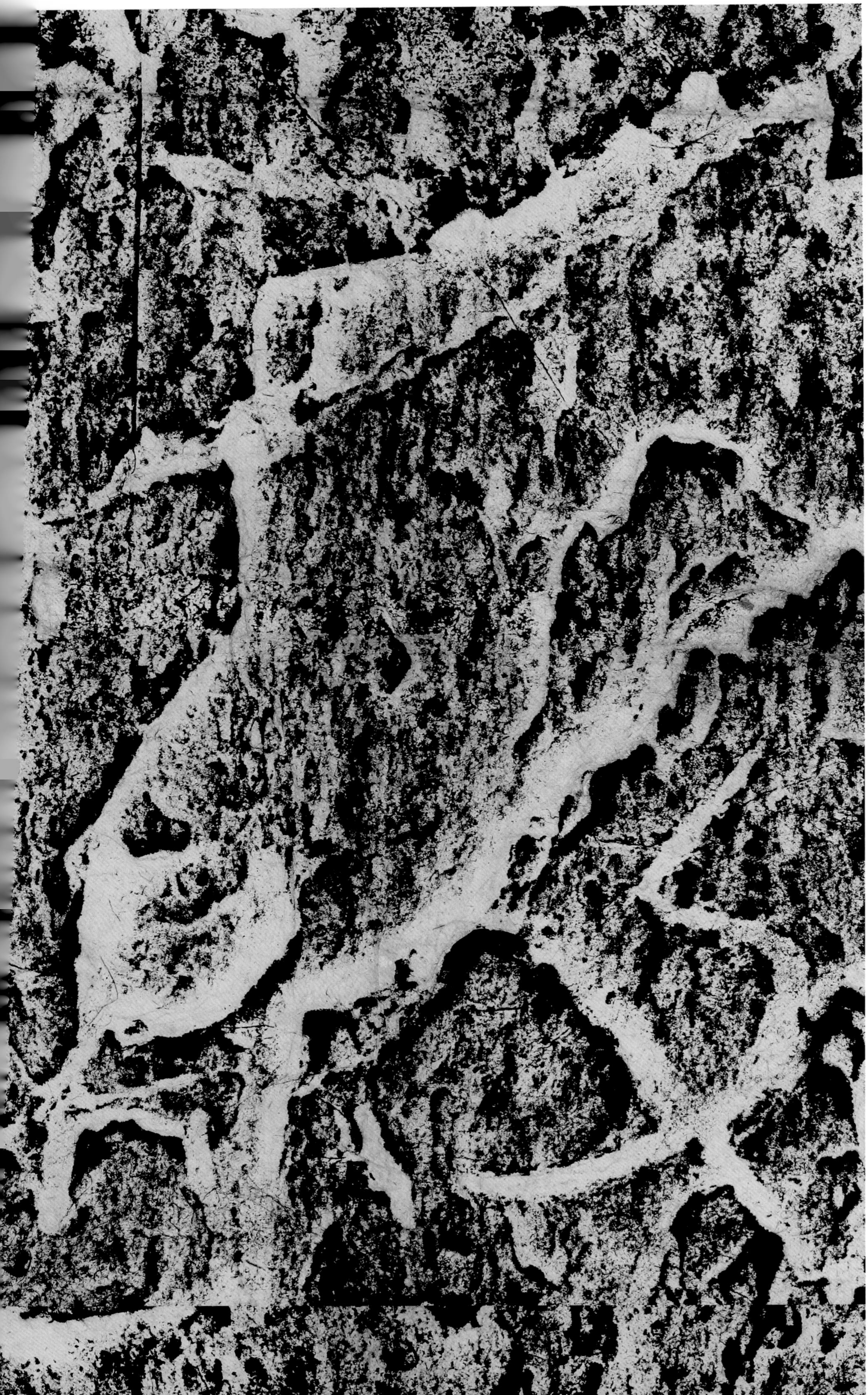

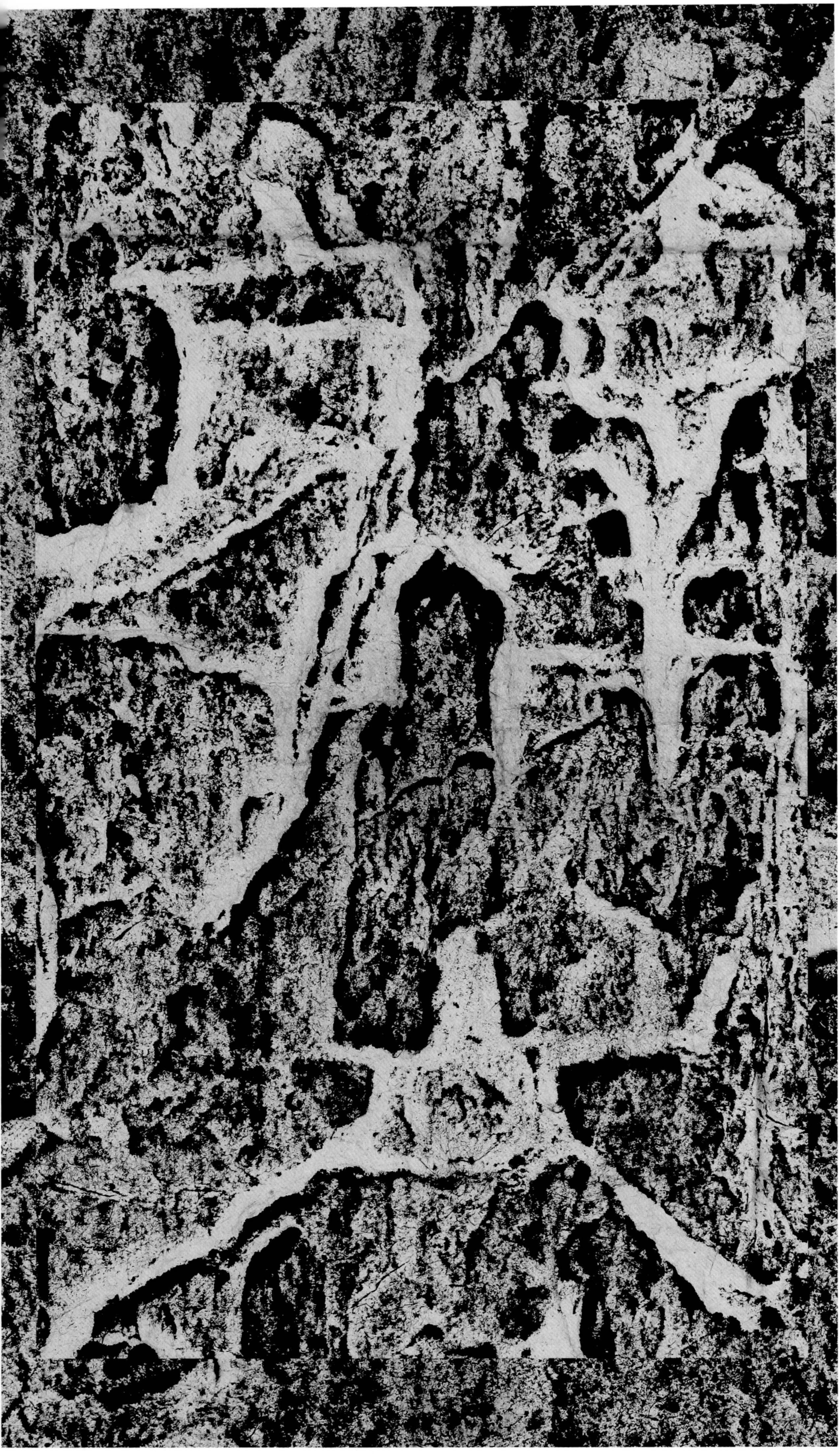

等（典）／

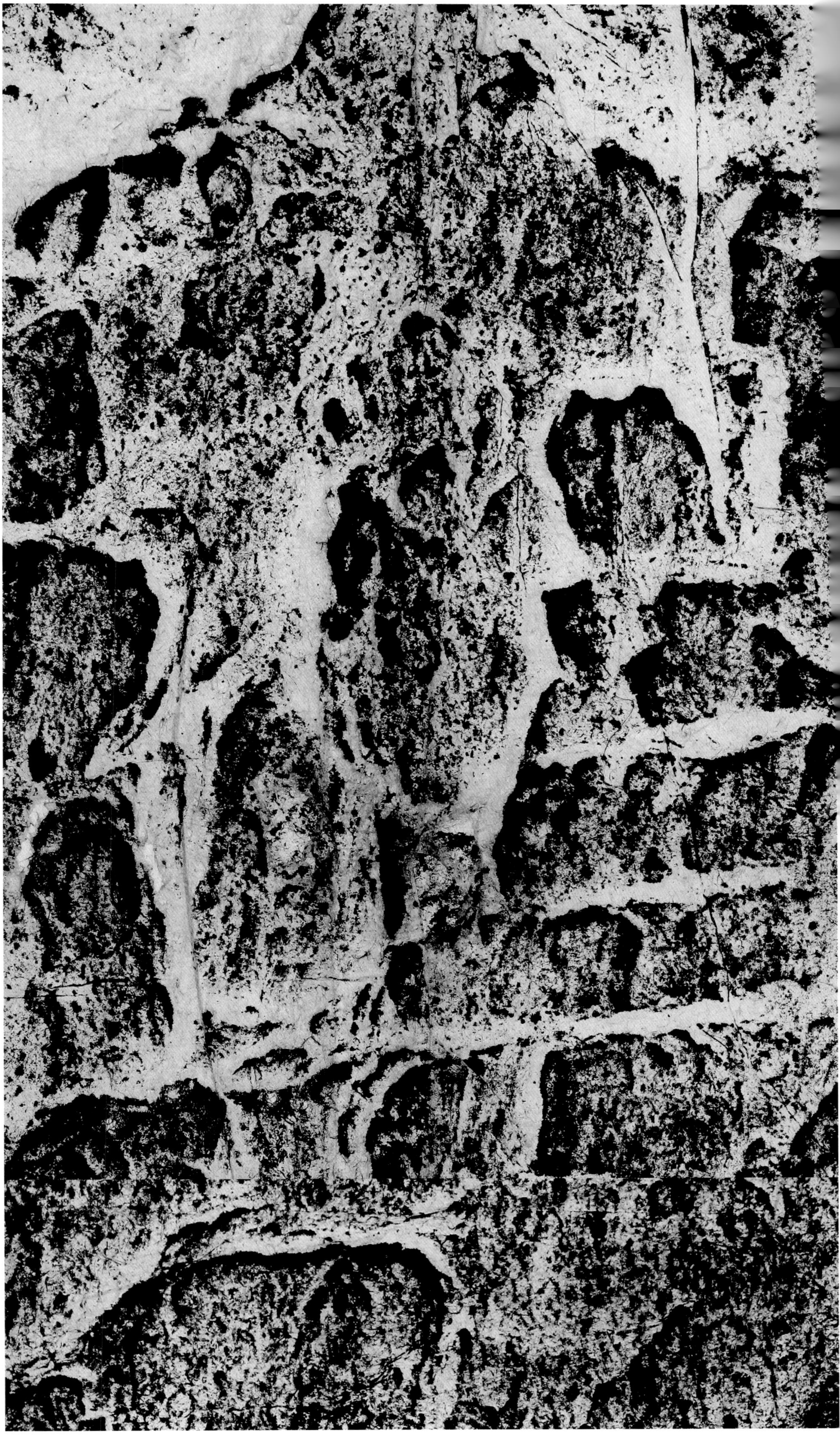

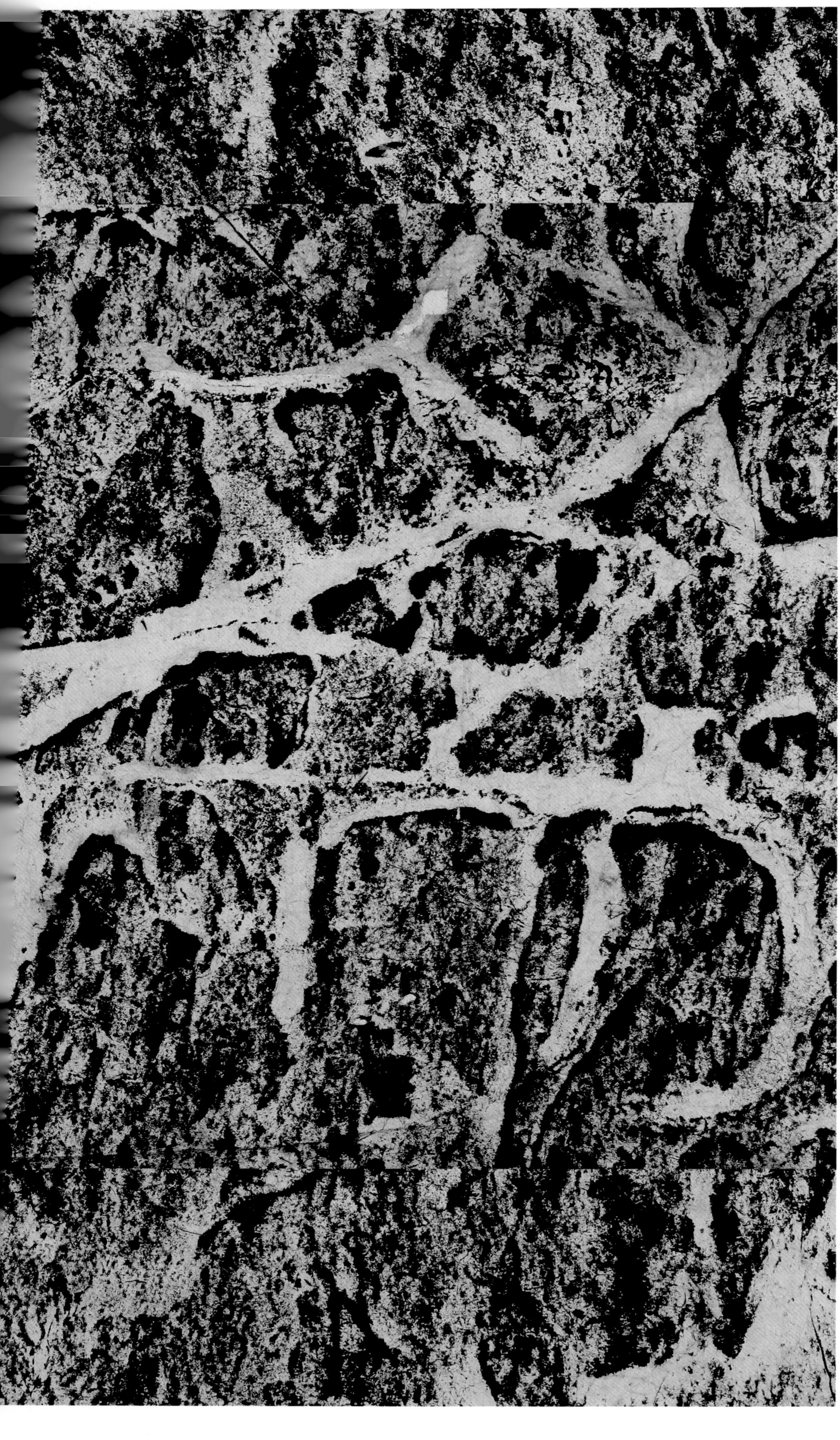

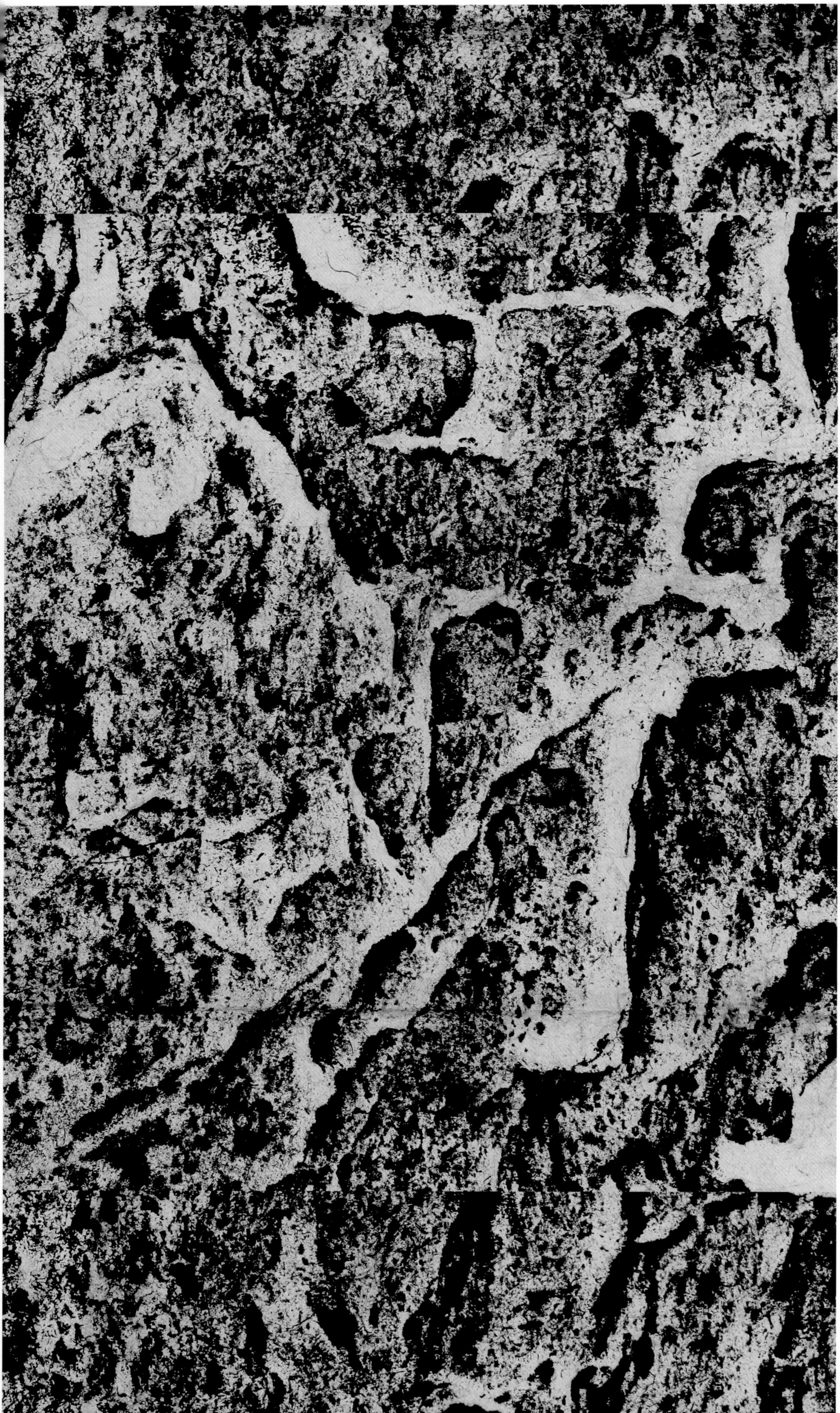

二百八

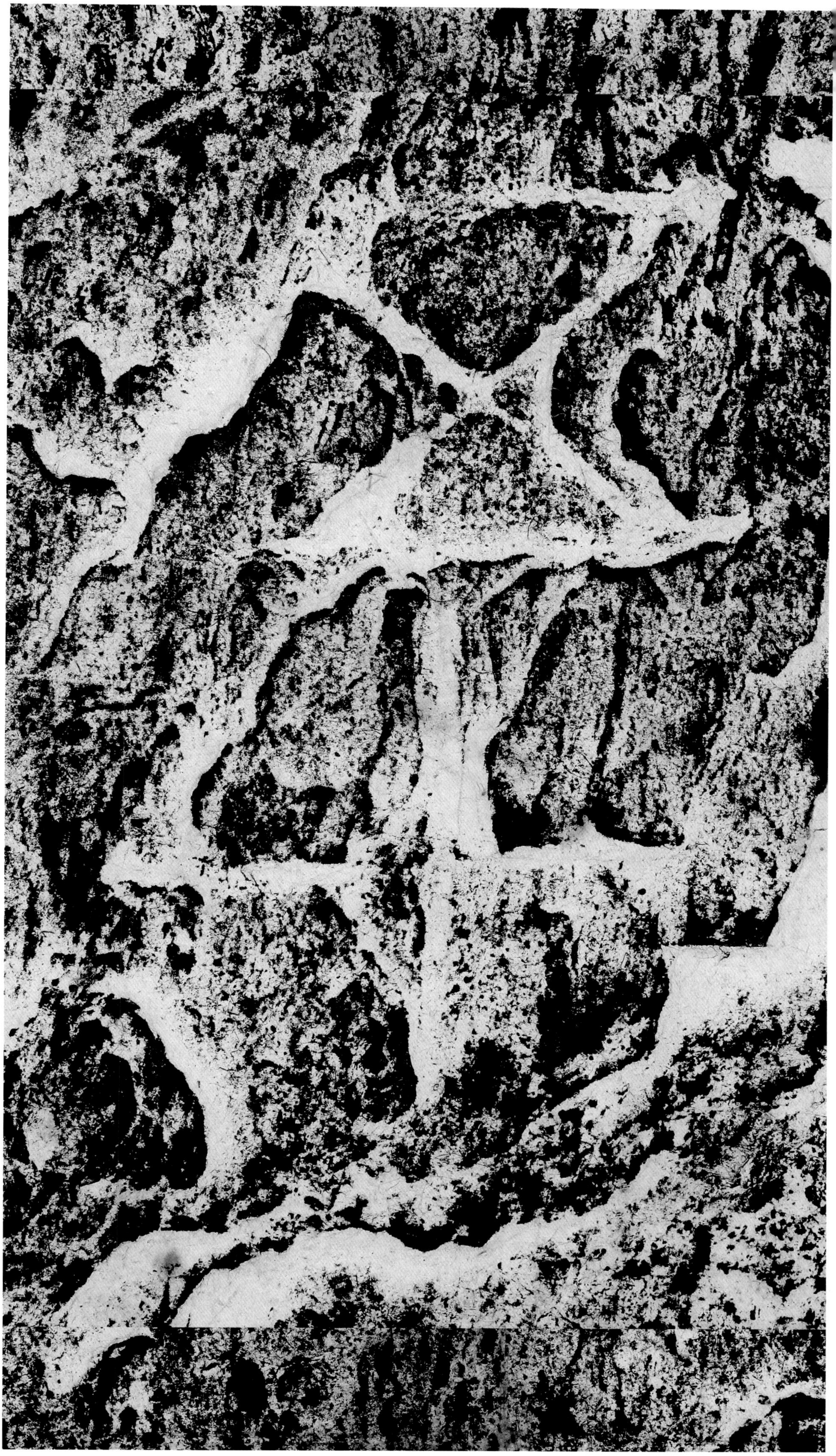

五十八

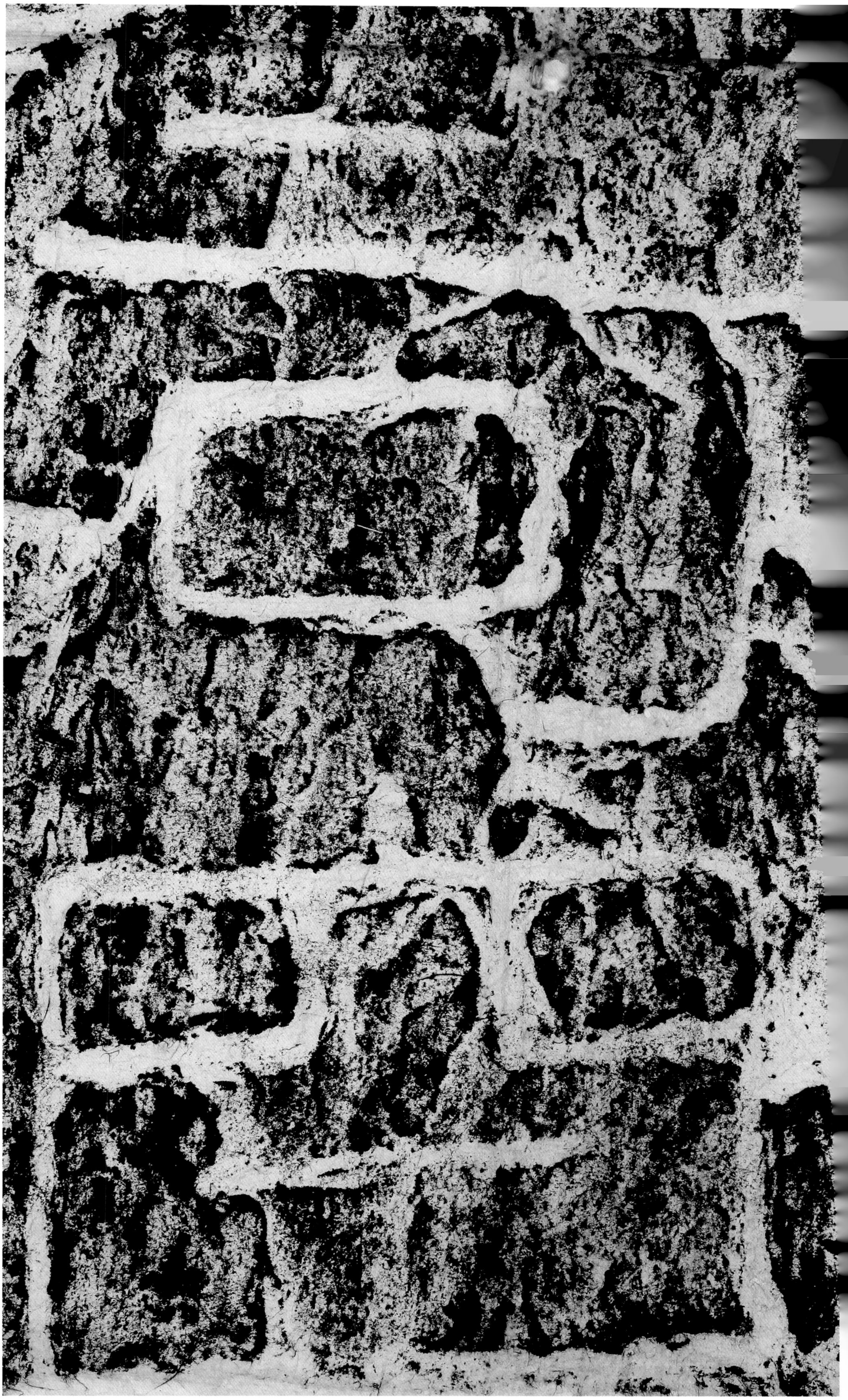

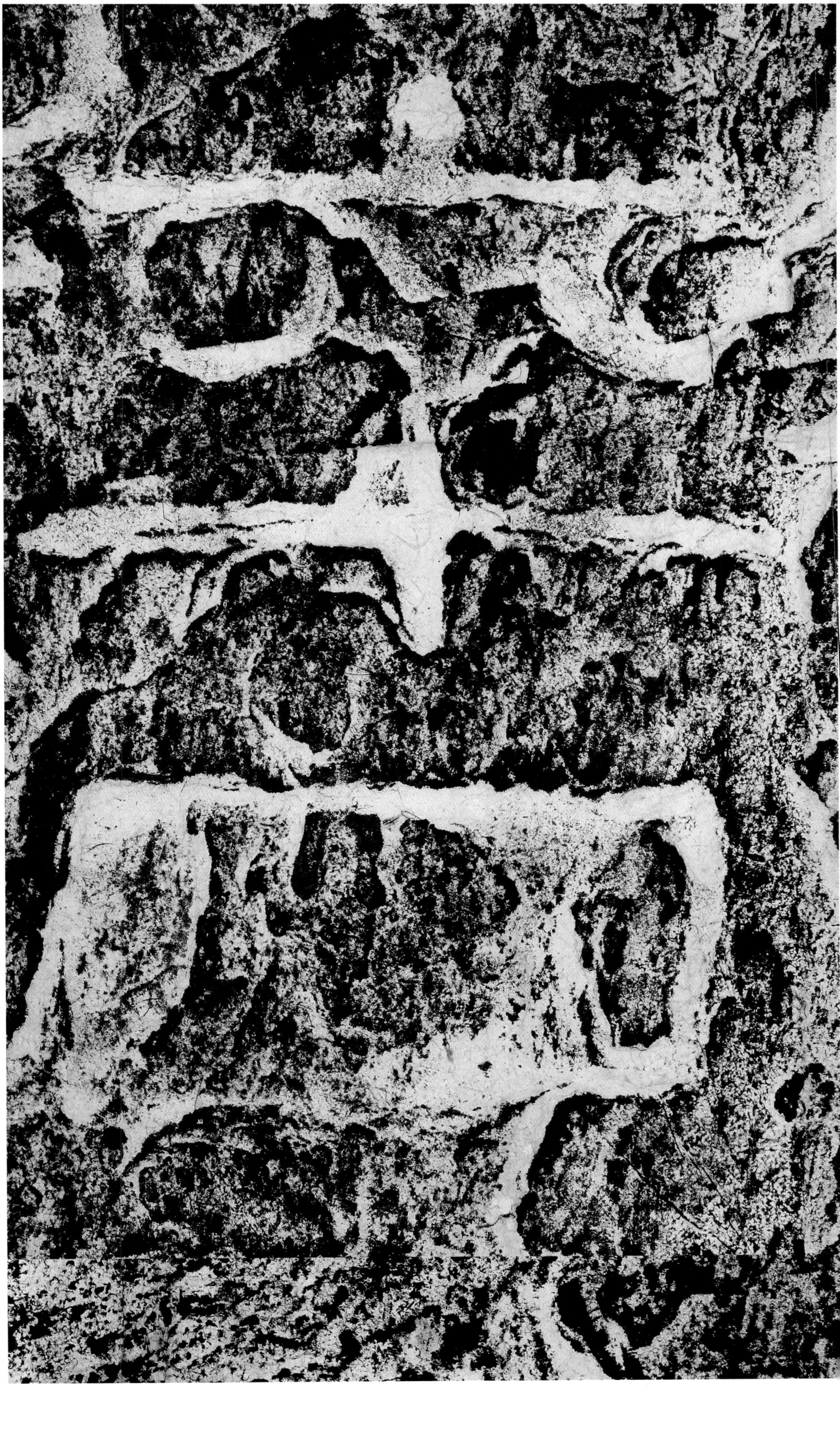

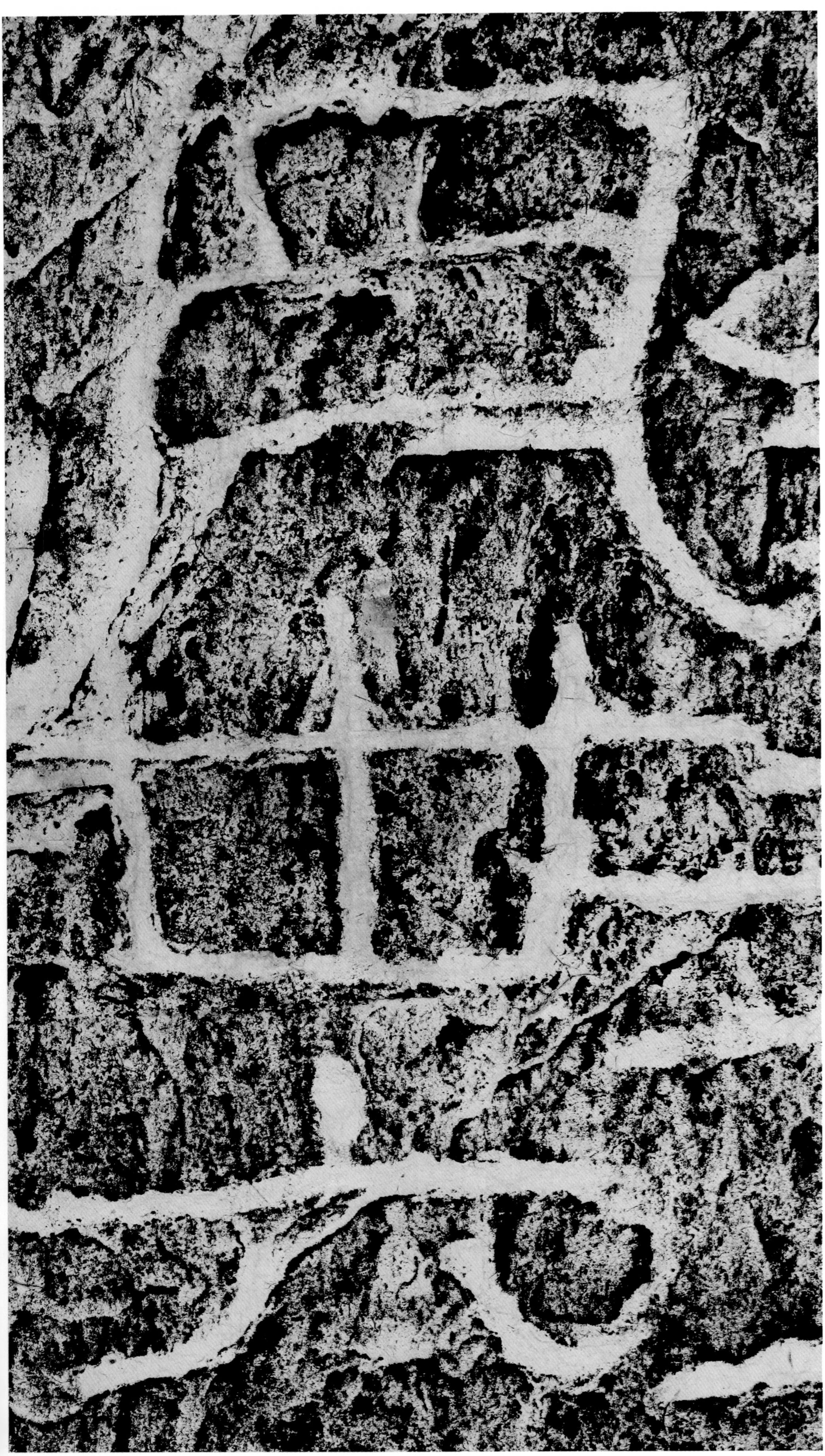

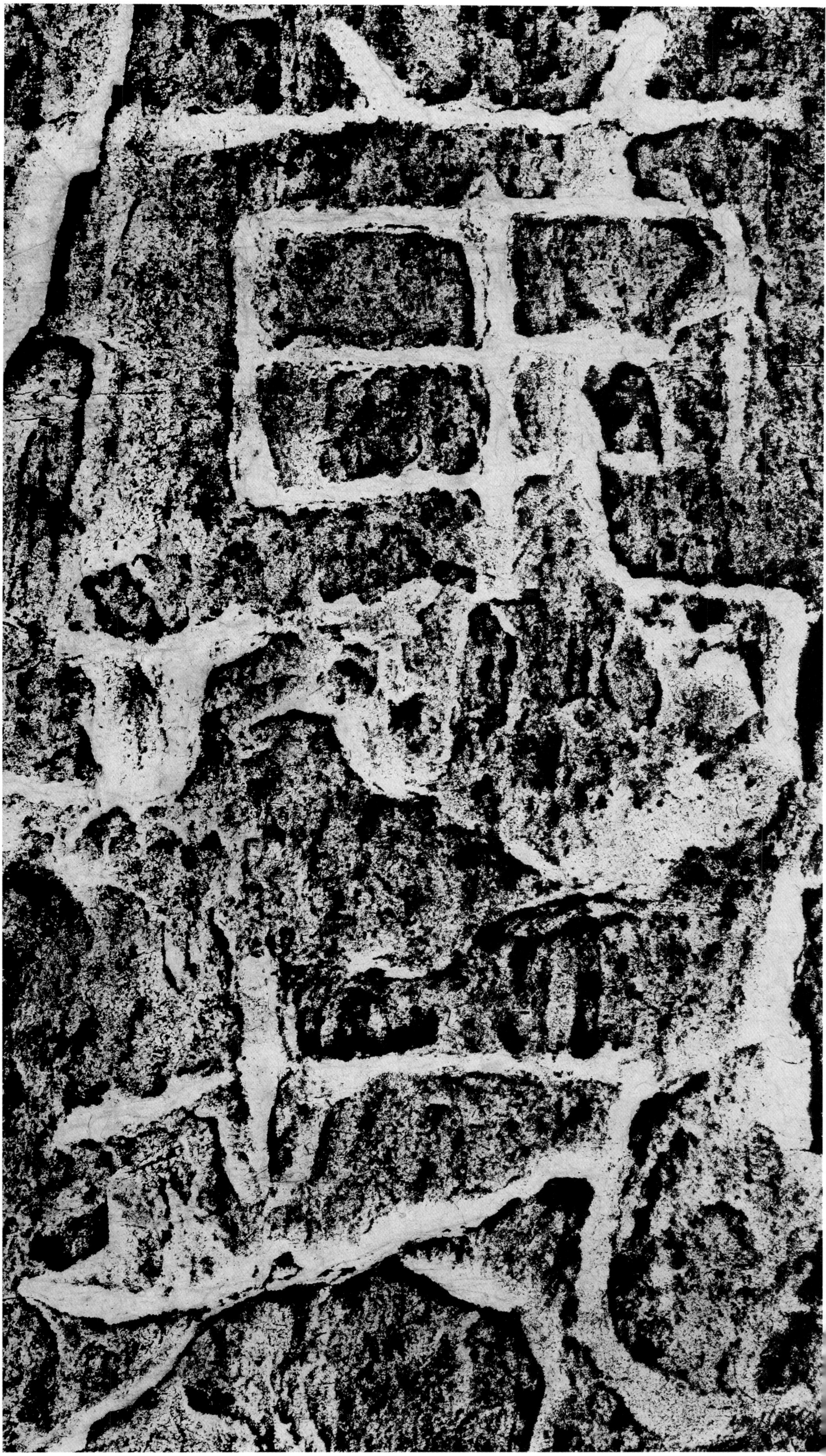

注釋

永平：漢明帝劉莊年號。永平六年：公元六三年。

漢中郡：據《後漢書·郡國志五》，益州刺史部有漢中、巴郡、廣漢、蜀郡等郡。

余：通『斜』。

大守：同『太守』。

鉅鹿：郡名。秦置，漢因之，唐名邢州。治所在今河北平鄉西南。

鄐：古邑名，春秋時屬晉，故址約在今河北邢臺附近。《左傳·襄二十六年》：『雍子奔晉，晉人與之鄐。』又爲姓氏，《廣韻》載有漢東海太守鄐熙。此『鄐君』未詳其名。

部掾：官名。官制中没有記載，史籍中偶見，如《漢書》卷八三《朱博傳》：『部掾以下亦可用，漸盡其餘矣。』又漢《曹全碑》題名有：『故外部掾趙炅文高。』『掾』一般爲官署屬員的通稱。『部掾』是級别較低的輔助性官員，無定員。

治級：人名。『治』爲姓氏之一。《古今姓氏書辯證·三十五馬》：『其先，周官治氏，掌爲兵器。以世官爲氏。衛大夫治厪。魯大夫治區夫。』按：治厪、治區夫均見《左傳》。

史：官府佐吏的統稱。漢三公府即郡縣均置，名目不一，人數不定。

典：主持，主管。功：通『工』。典功作：指主持工程。

『將相用□』：此句缺一字，似是表示掌管用度之意。將：統領，管制；相：審視，規劃。高文《漢碑集釋》：『「將相」似是楊顯之字。《説文》：相，省視也。從目從木。《易》曰：「地可觀者，莫可觀於木。」按《詩》云：「肅雍顯相。」顯字將相，名字相應。』高説以爲『將相』乃楊顯之字，似不通。因本刻石中其餘人名均未見録其字，故不應有此特例。

橋格：棧道形制，以横木插入崖壁中，兩根横木之間爲一格。高文《漢碑集釋》曰：『「格」即棧閣之「閣」，格閣古通用。《石門頌》：「或解高格，下就平易。」《辛李造橋碑》：「棧格陵陵。」并以「格」爲「閣」。《隸釋》：《何君閣道碑》，洪适云：「棧路謂之閣道。」案《鄐閣頌》：「減西□之高閣，就安寧之石道。」「橋」借爲「喬」，《詩》：「山有橋松。」釋文：「橋，高也。」然則「橋格」即「高閣」矣。』此説亦通，但似過於曲折，不若直解爲當。

郵亭、驛置：古代郵驛機構的名稱。

郵：傳送文書的人。《説文解字》：『郵，境上行書舍。從邑垂。垂，邊也。』

亭：指供信使停宿的館舍。《漢書》卷八九《循吏傳》：『使郵亭鄉官皆畜鷄豚。』顔師古注：『郵亭，書舍。謂傳送文書所止處，亦如今之驛館矣。鄉官者，鄉所治處也。』

驛：供傳遞公文的人中途休息、换馬的地方。《説文解字》：『置騎也。』段玉裁注：『言騎以别於車也。馹爲傳車，驛爲置騎。二字之别也。』

置：《廣雅》：『郵置，關驛也。』《漢書·曹參傳》：『取狐父祁善置。』顔師古注：『置，若今之驛也。』又，《康熙字典》『郵』字條引：『《風俗通》：「漢改郵爲置，置亦驛也，度其遠近置之也。」《增韻》：「馬傳曰置，步傳曰郵。」』

徒司空：官名，其職不詳，當是管理徒役的官員。古以『司空』名官者極多。此處『徒司空』與『褒中縣官寺』連説，包括修建徒司空官舍和褒中縣官舍。

官寺：漢代以前稱官署衙門爲『寺』。

斛：容量單位，十斗爲一斛。《説文解字》：『十斗也。』

安隱：同『安穩』。隱：通『穩』。

歷代集評

字法奇勁，古意有餘。與光武中元二年《蜀郡太守何君閣道碑》體勢相若。建武、永平去西漢未遠，故字畫簡古嚴正，觀之使人起敬不暇。

——宋 晏袤

至其字畫古勁，因石之勢縱橫長斜，純以天機行之，此實未加波法之漢隸也。

——清 翁方綱《兩漢金石記》

玩其體勢，意在以篆爲隸，亦由篆變隸之日，渾樸蒼勁。

——清 方朔《枕經堂金石跋》

文字古樸，東京分隸，傳於今者，以此爲最先焉。

——清 錢大昕《潛研堂金石文字跋尾》

余按其字體長短廣狹，參差不齊，天然古秀若石紋然，百代而下，無從摹擬，此之謂神品。

——清 楊守敬《平碑記》

《開通褒斜道刻石》，隸之古也。

——清 劉熙載《藝概》

《楊孟文頌》勁挺有姿，與《開通褒斜道》疏密不齊，皆具深趣。

——清 康有爲《廣藝舟雙楫》

《褒斜》、《裴岑》、《郙閣》，隸中之篆也。

——清 康有爲《廣藝舟雙楫》

圖書在版編目（CIP）數據

開通褒斜道刻石/上海書畫出版社編.—上海：上海書畫出版社，2012.7

（中國碑帖名品）

ISBN 978-7-5479-0411-4

Ⅰ.①開… Ⅱ.①上… Ⅲ.①隸書—碑帖—中國—漢代

Ⅳ.①J292.22

中國版本圖書館CIP數據核字（2012）第119903號

中國碑帖名品［六］

開通褒斜道刻石

本社 編

責任編輯 馮 磊

釋文注釋 俞 豐

審　　定 沈培方

責任校對 郭曉霞

封面設計 王 峥

整體設計 馮 磊

技術編輯 錢勤毅

出版發行 上海書畫出版社

地址 上海市延安西路593號 200050

網址 www.shshuhua.com

E-mail shcpph@online.sh.cn

印刷 上海界龍藝術印刷有限公司

經銷 各地新華書店

開本 889×1194mm 1/12

印張 6

版次 2012年7月第1版

2020年5月第6次印刷

書號 ISBN 978-7-5479-0411-4

定價 42.00元